衛斯理系列 少年版 34

迷藏

作者：衛斯理

文字整理：耿啟文

繪畫：鄺志德

老少咸宜的新作

　　寫了幾十年的小說，從來沒想過讀者的年齡層，直到出版社提出可以有少年版，才猛然省起，讀者年齡不同，對文字的理解和接受能力，也有所不同，確然可以將少年作特定對象而寫作。然本人年邁力衰，且不是所長，就由出版社籌劃。經蘇惠良老總精心處理，少年版面世。讀畢，大是嘆服，豈止少年，直頭老少咸宜，舊文新生，妙不可言，樂為之序。

倪匡　　2018.10.11　　香港

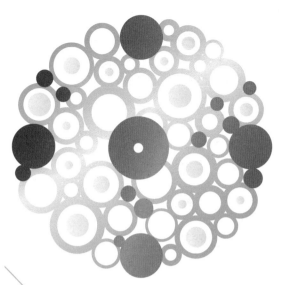

目

錄

主要登場角色

白素

高彩虹

衛斯理

王居風

康司

古昂

第十一章

　　我在古堡裏找不到王居風和彩虹，思緒十分亂，手中不斷無意識地把玩着**彩虹的打火機**，用手撥動着齒輪，好一會才發現齒輪轉不動的原因，是因為火石已經用完了，自然打不着火。

　　我略為休息了片刻，拿起手提燈，又繼續在古堡裏搜尋。

　　在東翼大廳的牆上，我看到一幅畫像，是騎着馬的**保能大公**。

　　王居風説自己回到「過去」時，曾見過保能大公，而且是保能大公下令將他送上絞刑架的。如今我認為，那一定是他看過這幅畫像之後的 胡思亂想 。

　　但他是在什麼情形下，產生了這種幻象呢？是夢境中？還是在半昏迷的狀態？如果是後者，又是什麼使他陷入半昏迷？最大的可能，自然是處身於一個惡劣的環境中，例如暗道內 氧氣不足 ，就容易使人陷入半昏迷狀態。

　　一想到這裏，我感到情形大大不妙，王居風和彩虹此刻可能就在 秘道 內，陷於半昏迷或昏迷狀態，如果我不能及早將他們找出來，後果難以估計！

　　我在大廳中團團轉着，尋找暗道，每遲一分鐘，他們兩人便可能 多一分危險 。我決定不再盲目地搜尋了，而是直接去找最熟悉古堡結構的管理員古昂！

我不再 **耽擱** ，直奔出古堡外，看到我的車子和彩虹的車子都停在空地上。

我經過彩虹的車旁時，看到車門沒有鎖，車匙也插在車內，可見他們兩人是一到就下了車，**直衝** 進古堡去的。

我急忙上了車，一面關上車門，一面發動車子，就在這個時候，車頂突然傳來「蓬」的一聲，不知被什麼重物砸中，接着又是一下重物墮地的聲音。我往車外看去，看到一塊相當大的 **方形石頭** ，足有三十平方厘米，在地上略為滾動一下，就停止不動了。

我呆了一呆，打開車門，一出車子，就看到車頂上有一個 **大凹痕** ，顯然是剛才石頭砸中車頂所造成的。

最令我驚詫的是，車子停在古堡外，四周一百米範圍

內全是空地，那塊大石是從何處而來，砸中了車頂？

　　若是從 **高空墮下** ，那撞擊力早已把我連人帶車砸扁了，如今只是在車頂砸下了一個凹痕，證明大石不是從很高或很遠掉下來。

　　那麼，石頭是怎樣落下來的？恐怕連 **福爾摩斯** 也想不通。

我不去多想了，立時又回到車內，踏下油門，疾駛而去。

彩虹的座駕果然性能超卓，車子像 **瘋牛** 一樣衝進小鎮，停在那小旅館門前。

小旅館的門已經關上，我大力拍着門，一有人來開門，我就衝了進去，大聲喊：「古昂，古昂你在不在？」

我發出的聲響十分大，引了不少人來看看發生什麼事，而其中一個正是古昂！

我連忙直奔到他的面前，一手抓住他胸前的衣服，質問道：「古昂，關於 **大公古堡** ，你有什麼事瞞着我？如果你不從實招來，我一定扭斷你的頸骨！」

旁觀的所有人都呆住了，古昂高叫道：「放開我！」

我鬆開了手，但催促道：「 **人命攸關** ，請你快上我的車！」

古昂 **半推半就** 地被我拉了出去，上了彩虹的車。

我一面開車，一面對他說：「古昂，首先你要知道，我是認真的！」

古昂未等我進一步問下去，已經苦笑道：「其實關於那古堡，我並沒有對你 **隱瞞** 什麼，除了一些……說出來也不會有人相信的事。」

「例如什麼?」我追問。

古昂吞了一口口水,說:「那是一些 無法解釋 的事,所以我才不願說。古堡之中,偶爾會失去一些東西。但請你別誤會,失去的都不是 **古物** ,而只是我們管理員日常使用,一些不值錢的東西。」

我心頭一動,「譬如說,打火機?」

「我未遺失過打火機,但是失去過一柄 **小刀** ,而我的幾個同事,也有類似的經歷!」

「都是在什麼情形下發生的?」

「都是很普通的情形。」古昂說:「比如我那柄小刀,你知道,古堡管理員有時要做一點 **維修工作** ,

好像是去年，我記不清是哪一天了，我在一個房間裏修理
牀腳——」

　　我連忙插嘴問：「**是哪一個房間？**」

　　古昂望着我，呆了一
呆，「我記不清楚了，這個
重要嗎？」

　　「重要。是不是高小姐
過夜的那一間？」

　　古昂搖頭道：「不是，
但也在**東翼**。」

　　我又問：「你其他同事
不見東西，是在固定一個地
方，還是不同地方？」

「不同的地方，在古堡各處。」他講到這裏，突然記起：「對了，好像全是在古堡東翼發生的，中央和西翼都沒發生過什麼事。」

我點了點頭，「請繼續。」

古昂說：「我帶了一個 **工具箱** 進入那房間，開始修理工作，過程中，我清楚地將一柄瑞士製的小刀，放在壁爐架上──」

我心頭一震，「又是壁爐？」

「是的，古堡的每一間房，**都有壁爐**。」

「嗯，請繼續說。」

「其實也沒有什麼特別，等我在一分鐘之後，再想用那柄小刀時，小刀不見了，找來找去都找不到。由於這種情形已不是第一次發生，我們都 **習以為常**，漸漸不當作一回事。不過，反過來就有點駭人了。」

「怎麼反過來？」

「那就是，除了莫名其妙地 **失去** 一點東西，有時候會反過來，**多了** 一點東西。」

「例如什麼？」我連忙問。

古昂說：「有一晚，我和幾個同事正準備睡覺，聽到屋頂上傳來一下聲響，我和一個同事便爬上去看，看到那裏多了一大盤 **麻繩**！」

我吞了一口口水，問：「不是你們任何一個人留在屋頂上的？」

古昂搖頭道：「不可能，繩子又舊又臭，我們根本不用這樣的繩子。還有一次，一柄 **斧頭** 忽然從天而降，落在院子裏，差點沒闖禍！」

我心頭怦怦地跳起來，又問：「有沒有遇過，一塊 **大石頭** 從天而降？」

「沒有，多半是一些古裏古怪的東西，有時候是一個瓦缽，有時候是一個酒壺、一柄木勺等等。」

「我完全相信你的話，因為我來的時候，在古堡門外，一塊至少有五十公斤的大石，突然落了下來，壓在車頂上！你如果不信，可以去看看車頂上的凹痕。」

古昂極其吃驚，「什麼？你⋯⋯才從大公古堡過來？古堡已經封閉了！每年古堡封閉之後，**不准** 任何人進入，而且也沒有人敢接近它！」

「為什麼？」

古昂解釋道：「每年冬天，**古堡不屬於人**，而屬於神靈。離古堡最近的幾個小鎮，在寒冷之夜，甚至可以聽到來自古堡的許多呼號聲。從來沒有人敢在這段期間，去接近大公古堡！」

第十二章

不可測的變故

　　我聽到古昂那樣說，不禁倒吸了一口涼氣，問他：

「有沒有人因為在 **封閉期間** 進入古堡而出事的？」

　　「沒有。」古昂說：「因為根本沒有人會這樣做！」

　　這時，我有了一個設想，再問：「古昂，既然古堡在封

閉之後就沒有人接近，是不是有可能被什麼人，譬如說，某

個 **犯罪集團** 利用來做他們的巢穴，掩人耳目？」

古昂忍不住哈哈大笑起來，「你的想像力太豐富了，你以為這是在拍電影嗎？還是寫小說呢？」

「不是沒可能的，你想想，大公古堡可能有着極其秘密的地道系統，只不過普通人未曾發現！」

但古昂堅定地說：「絕對沒有可能，我對古堡太熟悉了！」

「你先看看這個再說。」我自袋中摸出彩虹的打火機來，遞到副駕駛座：「這是高小姐的打火機，它忽然出現！」

古昂不以為意，「我早已說過，古堡中有點怪事，有時會丟失一點東西，有時會多出一點東西。」

「難道你情願相信這是  鬼怪神靈 作崇，而不是人為的嗎？」我非常認真地説：「古昂，你聽着，我所講的一切，不論你相不相信也好，絕不能告訴別人，而且也 **不准生氣** ！」

由於我説得如此凝重，古昂一時間也不懂該如何反應。我於是將彩虹和王居風的事，約略地向他講述。

古昂可以説是脾氣十分好的人，然而當我講到彩虹和王居風兩人 **攀牆而入** ，他已經有點沉不住氣，到兩人用斧頭砍開了門鎖進入古堡，古昂忍不住破口大罵：「怎麼可以！他們怎麼可以這樣？」

我苦笑了一下，「**請你聽我講下去！**」

古昂雙手緊握着拳，強忍着怒意聽下去，當聽到兩人在古堡裏翻天覆地尋找 **暗道**，最後還要在古堡中玩起捉迷藏時，古昂雙手緊緊地抱住了頭，好像不敢相信世界上會有如此胡鬧的人，幹這樣胡鬧的事。

然而，當我繼續把事情發展說下去之際，古昂憤怒的情緒漸漸消退，驚訝的神色卻不斷加深。

23

　　他愈聽愈驚訝，「你就是因為那個王……不見了，才來的？」

　　「是，當我來到的時候，」

　　古昂嘆了一口氣，「先生，我剛聽完兩個瘋子的故事！」

　　我搖着頭説：「古昂，在這件事中，沒有一個人是瘋子，只是古堡裏一定有什麼我們未知道的秘密🔒，所以我需要你的幫助！」

　　「我實在沒有什麼可以幫你！」

　　「我想要你幫忙的事，還沒有説出來。」我苦笑着，

非常不好意思地説：「他們⋯⋯那位王先生和高小姐，又到古堡去了！」

古昂雙手握着拳，「那太可惡了！我一定要將他們**趕出來**，這違反我國法律！」

我連忙説：「對了！我想請你幫忙的事，就是希望你能將他們兩人，**從古堡中趕出來！**」

古昂聽出我這番話有點古怪，便用詢問的神色望着我。

我坦白告訴他：「我找不到他們兩人！他們這輛**車子** 停在古堡門口，所以我可以肯定他們曾到過古堡，而且仍在古堡中，但我就是**找不到**他們。」

古昂隨即叫了起來：「他們失蹤了！被古堡吞沒了！」

古昂愈説愈驚慌，而且好像怕我把他硬拉到古堡去，一面叫，一面打開車門，想**跳**出去。

　　我連忙煞停了車，他亦馬上趁機下了車，向外狂奔。

　　我好不容易才追上去攔住了他，他喘着氣説：「我不去！我不去！」

　　「你為什麼這樣怕？你看我，獨自一個人在古堡中 逗留 了很久，一點事也沒有！」

　　我説完這句話後，注意到古昂的視線，正望向車頂上那個大大的凹痕。

　　我苦笑着解釋：「那

塊突如其來的石頭，雖然很大，但撞擊力不強。很奇怪，它好像從不怎麼高的距離砸下來……」

「別説了！為你自己着想，趕快離開，別再去惹大公古堡了！」古昂説。

「古昂，換了你是我，你會不顧腳反，就此離去嗎？」

古昂聽了我這句話，登時僵住，情緒好像變得更激動。

我立時知道他在想什麼了，便説：「其實你和我如今的情況也一樣，你應該知道，你父親和叔叔並非真的藉機

逃債，而是確確實實在古堡中失蹤了，就像平時，你們的小物品突然在古堡中消失了一樣。難道你不想尋找他們的下落，找出 真相 ？」

古昂不發一言，但從神情看上去，他似乎給我説服了。我 輕輕 拉着他回到車子去，然後繼續開車趕往大公古堡。

車子在古堡大門前的空地停下，大公古堡在晨曦中看來格外雄偉。

我是開彩虹的車子去找古昂，而我原本的老爺車仍在古堡 門口 ，這樣看來，彩虹和王居風仍在古堡中，因為如果他們要離開的話，自然會用我的車子，而絕不會徒步下山。

我和古昂下了車，一面走進古堡，一面説：「看來，所有 怪事 全在 東翼 發生 ，尤其是那個房

間，我們就從那個房間開始，好不好？」

　　古昂深深吸了一口氣：「但照你所說，你已經在那房間找過了？」

　　「是的，我沒有找到什麼，但那房間所呈現的混亂情況，十分可疑，值得再 ○細心調查 ！」

　　我們於是逕自來到東翼二樓的第一間客房，推門而入，古昂一眼看到房間中的情形後，不禁發出了一下驚呼聲。

他走進房間，然後頹然坐在一張安樂椅上，臉色蒼白難看，嘴裏喃喃道：「那兩個瘋子……把古堡當什麼地方……**遊樂場**嗎？竟破壞到這個程度……」

我看出他又倦又怒，連忙討好他：「你先冷靜，好好觀察一下這裏的環境，**想一想**，他們究竟能藏身在什麼地方？我現在去給你煮咖啡。」

古昂顯然不想説話，揮着手打發我，我也匆匆轉身走出房間，趕快去為他煮咖啡。

樓梯是**迴旋**的，牆上掛着不少畫，這些油畫都有極高的價值。大公古堡在冬天一直空着，**賊匪**隨時可以潛入來，把值錢的東西偷走。然而，古堡中那麼多有價值的東西，居然可以保存下來，也算是怪事！

我一面**下樓梯**，一面想着，才來到二樓的時候，我突然聽到樓上傳來了古昂的一下尖叫聲，叫着我的

名字。他對我的名字發音不是很準，但我仍清清楚楚地聽
到他尖叫着：

衛斯理！

　　我猛地一怔，感到有事情發生了，慌忙回身飛奔上
樓，並大聲叫道：「什麼事？古昂？」

　　當我回到那房間時，我發現古昂不在那張安樂椅上，
他不見了！

　　「古昂！古昂！古昂！」我叫了很多聲，卻沒有得
到任何回應，我在房中團團轉着，不斷去查看牀
下、櫃子、壁爐等等……

　　剛才那一下尖叫聲聽來十分惶急，像是突然發生了什麼極不可測的事情。當然，**最不可測的事情**就是他忽然不見了，一個超過七十公斤的年輕漢子，突然消失於空氣中！

第十三章

惹上大麻煩

我離開房間的時候，古昂正坐在那張 **安樂椅** 上。一想到這一點，我也試着在安樂椅上坐下來，而且還學古昂當時坐着的姿勢，盡量將身子放低，那是一個疲倦的人的坐姿。

我坐了下來之後，**什麼也沒有發生**，房間之中、整座古堡，甚至古堡的周遭，都靜到了極點。

　　我一直坐着，坐的時間比古昂還要久，但什麼事也沒有發生。直到古堡外傳來汽車聲，我才驚訝地 跳 了起來，走向窗口，向外看去，看到在圍牆之外，古堡前的空地上，停着三輛車子，有不少人下車，其中四個人穿着制服，像是 警察 。

　　這時我才感到事態嚴重，因為我在小鎮上將古昂帶走時，可能會惹人誤會，以為是綁架禁錮。而古昂如今更失蹤了，我甚至可能會成為 嫌疑犯 ！

不立刻逃離古堡的話，我可能就跑不掉了。可是，就算逃脫了又怎麼樣？王居風和彩虹還是不知在哪裏，如今又加上一個古昂，我實在不能**一走了之**。

所以我儘管知道會有極大麻煩，還是打消了逃走的念頭，向樓下走去。

到了中央大廳，四個警察和幾個小鎮居民已走了進來，那幾個居民一見到我，就指着我說：「就是他！」

四名警員聽了鎮民的指摘後，其中一個向我走過來，「先生，有人報案，說你用**不正當的手段**，帶走了一個人。」

我盡量淡定地說：「一場誤會，他是自願的。」

那警員用質疑的眼神打量了我一下，然後問：「那麼古昂在哪裏？請他出來**問一問**，就知道他是不是自願跟你來了。」

「我不知道古昂在哪裏。」

所有人都因為我的話而愣了一愣，一個年老居民說：「你不知道他在哪裏？這是什麼意思？我們都看到了，你使用**暴力**，將他推上車！」

「我不否認上車時曾經推過他，可他的確是自願跟我到古堡來。到了古堡之後……」到了古堡之後發生的事，如果我如實說出來，他們會相信嗎？或許只有兩個可能：認為我在說謊，將我拘捕；或者認為我患了神經病，把我送去**精神病院**。

所以我小心翼翼，婉轉地向那年老居民請教：「請問，人是不是會在大公古堡內莫名其妙地**失蹤**？」

他被我的問題嚇了一大跳，不知道如何回答才好，而四名警員也加深對我的懷疑，向我走近一步，說：「先生，**你必須跟我們走**！」

我揮着手，「我跟你們到哪裏去都沒有問題，問題是古昂不見了！我建議，只要  一個人帶我走就可以，其餘的人請留在古堡，尋找古昂，他是在三樓東翼第一間客房不見的。不止他，還有兩個中國人，也不見了！」

四名警員皺着眉，面面相覷，顯然在懷疑我神經不止常，於是他們與居民商議了片刻，只見那

些居民不斷搖着頭。最後，其中兩名警員向我走了過來，說：「請你跟我們走！」

我無可奈何地苦笑，只好隨着兩名警員走出去，被送到那個小鎮的 **警長辦公室**。

辦公室裏那位警官，大約四十來歲，身形極胖，挺着大肚子向我走過來，兩名警員向他報告，他上上下下 **打量** 着我，然後回到他的辦公桌後坐下來，向我發出了一連串的問題。

那一連串的問題，無非是我從哪裏來、來幹什麼等等，我也將護照交給他，他翻着我的 **護照**，好奇地看

着那上面蓋滿世界各國的印鑒，然後他將我的護照放進抽屜，冷冷地說：「**你被捕了！**」

「為了什麼？」我問。

「你暴力綁架，受害人不見了，這是嚴重的刑事案，你會在後面的拘留所中等候控訴！」

我沒有分辯什麼，因為胖警官所講的，我難以反駁，只希望拘留所的環境不會太惡劣，等到古昂一出現，就可以證明我的**清白**。

所謂「拘留所」，其實只是警局後面的一個小房間，有一張牀，一張桌子和一張椅子，我一進來，警員就關上了門。

小房間有一扇臨街的**窗**，我躺在牀上，可以聽到街上來往的人聲。我倒在牀上，閉上了眼睛，思緒一片混亂，完全想不通到底發生了什麼事。

在古堡之中，至少有三個人失了蹤，真的是「回到了過去」嗎？還是他們躲了起來？或者被什麼犯罪集團抓去了？保能大公當年為何在古堡中 **嚴禁玩起迷藏**？而這項禁令又為什麼一直未被人發現？

在混亂不堪的思緒中，我漸漸睡着了，但估計只睡了不到兩小時，突然被一陣 **呼喝聲** 吵醒。

我睜開眼來，聽到街上的人在叫着：「殺死他！殺死他！」

我呆了一呆，下了牀，站上那張椅子，想從窗口看看外面究竟發生什麼事之際，房門卻「**砰**」的一聲被打開，胖警官大喝一聲：「不許動！」

我回頭一看，只見胖警官和四名警員全在門口，胖警官一馬當先，手持一柄槍，**對準** 了我。

　　一見到這樣的情形，我嚇了一大跳，連忙高舉雙手，

「別緊張，別緊張！」

　　胖警官大喝：「你想逃走？」

　　我這才發覺，自己仍站在椅上，而且就在窗前，不免

有企圖越獄之嫌，於是連忙跳下來，誰知我向下一跳，嚇

得胖警官整個人震了一震，幾乎對我開了槍。

他雙手抖震地吆喝：「  別動！」

我解釋道：「我只不過想看看街上發生了什麼事。」

這時，街上的呼叫聲、嘈雜聲 **有增無減** ，胖警長冷笑了一下，「轉過身去！面向牆，將雙手放在身後！」

他有槍在手，我只好照他的話去做，才一轉過身去，將手伸到身後，就被上了 **手銬**。

「為了什麼？」我一面問，一面轉過身來。

　　胖警官瞪着我，「因為我們找到古昂了！」

　　我更是 **大惑不解**，既然找到了古昂，理應能證明我是清白，我連忙説：「那很好，你們問清楚他了嗎？」

　　胖警官露出一個陰森的笑容，「你要我去問他？倒不如讓你去問！」

　　「那也一樣，**帶我去見他！**」我説。

　　胖警官的神情更陰森，「你只要一離開這裏，就一定可以去見他，你沒聽到外面有多少人在喊着要殺死你嗎？」

　　我登時呆住，外面此起彼落説「**殺死他**」的叫聲，原來是指我！

　　我這時才明白了！我的臉足足僵住了半分鐘之久，才**戰戰兢兢**地問：「古昂……他……死了？」

胖警官瞪着我，「**你以為他還會活着？**」

古昂死了！我絕對無法預料得到。那麼王居風和彩虹呢？他們又怎麼樣？

「他是怎麼死的？出事地點在哪裏？還有一男一女兩個中國人呢？**古堡中有古怪**，一定有，一定要進行搜索，我們──」

我未能再叫下去，因為這時胖警官手中的槍，幾乎要塞進了我的口中！

他一面用槍指着我，一面回頭，向身後四名警員説：「看到沒有，兇手就是這樣 **狡猾**！」

我極力保持冷靜，後退了幾步，在牀上坐了下來，「我要求見高級官員，你們國家中最高級的人員！」

儘管胖警官本身對我一點好感也沒有，但他倒也講道理，在接下來的兩天，警方保護了我的安全。小鎮上的民

眾 **激動無比**，因為鎮上的居民本就不多，每一家人多少有點親戚關係，他們認定我是殺死古昂的兇手，天天在窗外喊打喊殺。

兩天之後，我被押送到安道爾的 **首都**，關進監牢裏，然後等待安排一位官員來見我。

在古昂死前，我對王居風和彩虹兩人的失蹤，還不算太緊張。因為據彩虹講述，王居風曾 **失蹤** 過一次，過了三天又出現，所以我一直認為，他們兩人失蹤，過幾天總會自動出現的。可是如今，古昂在失蹤之後死了，那麼 **王居風和彩虹**，兩人是否也會遭到同樣的不幸？

第十四章

古堡管理員離奇死亡

來監牢見我的那位中年人，是一位風度極佳的歐洲紳士，我一眼就看出他十分有地位。他自我介紹：「我叫康司，是內政部副部長，也兼任檢察署，和處理一些非常事件，你知道，我們是一個**小國家**。」

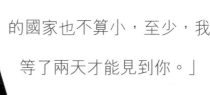

我苦笑了一下，「你們的國家也不算小，至少，我等了兩天才能見到你。」

康司對我的 並不介意，「我本來早可以見你，但是我花了兩天時間來看你的資料。」

「那麼你應該對我有所了解，知道我不會是 **兇手** ？」

「衛斯理先生，我覺得我對你的了解，已經有點像老朋友了。」他友善地微笑着，向我伸出手來。

我高興地和他握手，然後着急道：「我是不是可以離

開這裏？還有兩個中國人，也在大公古堡中不見了。」

　　「要處理的事情太多，我們坐下來，一件一件

去解決。」康司說話非常客氣，我也無可奈何地點頭表示

同意。

　　「首先是你的問題，雖然我相信你沒有罪，但所有的

證據都對你不利，有超過五個以上的證人，看到你

強迫古昂上車。」

康司皺起了眉，「而據你所説，你們到了大公古堡之後，古昂就不見了。但現在，古昂的屍體，卻在大公古堡被發現──」

直到這時，我才知道**古昂的屍體**是在大公古堡內被發現的，我急忙問：「在古堡的什麼地方？」

康司望着我，沒有立即回答，卻反問道：「警員來到大公古堡時，**你在哪裏？**」

「我在房間裏，從窗口看到有人來，就下樓到中央大廳，恰好迎上他們！」

康司又問：「**是東翼三樓第一間**？也就是你説古昂不見了的那個房間？」

「是的，就是那個房間，一切怪事似乎全在那房間中發生！」

「你在大堂見到警員時，**真的不知道**古昂在什麼地方？」

「要是我知道，就會叫古昂出來解釋清楚，那麼我也不會被警員誤會，給帶走了！」

康司嘆了一聲，「在你被兩個**警員**帶走之後，還有兩個警員和那些居民，留在古堡希望能找出古昂來，而他們依據你所說，到了東翼三樓的那個房間，**一進去，就看到了古昂。**」

我聽到這裏，深深地吸了一口氣，聲音不禁有點發抖：「他們發現⋯⋯古昂⋯⋯ **已經死了** ？」

康司說：「他們見到古昂的時候，古昂正 **躺** 在房間裏的一張安樂椅上——」

我立時失聲道：「天！我下樓見警察之前，一直就坐在那張安樂椅上！」

康司十分同情地望了我一眼，「你聽着，對你最不利之處，是他們發現古昂的時候，古昂傷得極重，但還沒有死；他一見到了那些人，便抓住其中一個人的手說：『 **衛斯理……那中國人，他害死了我！** 』講完這句話後，他就死了！」

我不禁倒吸了一口涼氣，古昂把我害慘了，竟在臨死之前這樣指證我， **我的罪名** 還洗脫得了麼？

這時我想起了王居風和彩虹，連忙追問：「還有兩個人！他們可能遭到同樣的 **命運** ！那房間一定有暗道，而且被殘暴的兇徒盤踞着，你們一定要作徹底搜查！」

55

衛斯理……那中國人，
他害死了我！

「查過了。」康司說：「實際上，大公古堡是我們國家最重視的建築物，一直也在研究它，動用了許多科學儀器，但沒有任何未發現的 **暗道** 。」

「那麼，你的結論是？」我問。

「我沒有結論。可是，不論從哪一個角度來看，你都是 **兇手**——」

我立即打斷他的話：「等等！古昂只説我『害死了』他，而不是説 **我『殺了』他** ，兩者大有分別！」

康司點着頭，「是的，我同意。古昂可能是被別人所殺，但由於是你將他帶到古堡去的，所以他説被你害死。不過……」

「不過，這樣的解讀，不足以成為 **洗脱** 我罪名的證據，對不對？」

「是的。所以，你還是嫌疑犯，必須等候審訊。但我可以設法將審訊日期盡量推後，在這段時間內，你我共同努力， **查出真相** 。我看過你的資料，你曾經解決過許多難題，各方面對你都有極高的評價，希望這次你能為自己的命運而 **奮鬥** ！」

康司説得極其誠懇，我也聽得十分感動。

「我可有行動的自由？」我問。

　　康司深吸一口氣，「我向上司保證了你不會逃走，所以希望你——」

　　我立時說：「請放心，你這樣信任我，我們是朋友，我決不會 出賣 朋友的！」

　　康司聽到了我的保證，高興地拍着我的肩，我又說：

「既然我們要一起 **合作** 解決難題，我必須將事件的始末，向你詳細講一遍！」

「好的，我們到殯房去看古昂的 **遺體**，一路上，你可以告訴我。」

康司聽我把事情始末講完之後，一臉茫然，愣愣地望着我。我問：「你不相信？」

他嘆了一口氣，「很難說，我應該相信，但是又無法相信。」

「其實，對於王居風說自己 **回到過去**，變成了另一個人的那段經歷，我也難以相信！」

康司沉思了半晌，說：「但如果能相信王居風的話，問題倒能講得通。」

我似乎明白他的意思，「你是說，古昂的死，可以 **解釋**？」

「是的，假定古昂 **回到了過去** ，在過去受了傷，忽然又回來了，然後才傷重死亡……」

「這也太混亂了！」

「**如果時間也是一種空間** ，那就並不混亂。一個人在甲時間受傷，在乙時間死去，那就像在甲地受傷，到乙地死去一樣。問題只是：從甲到乙的過程，是怎麼做到的？甲地到乙地倒容易，可以走路，可以坐交通工具。但時間卻是 **自然流逝** 的，我們控制不了……」

我只覺混亂程度一點也沒有減少，討論尚未有結果，我們已經來到殮房了。康司拖出一個長形的鐵櫃，揭開 **白布** ，可以看到古昂僵硬了的屍體。

古昂臉部的神情很怪，不似恐懼或懷恨，反倒像一種十分熱切的期望，真不知道他臨死之前在想些什麼？

康司將白布慢慢揭下去，看到古昂的胸口有一個巨大的傷口，似是被一種球形或鎚形的重物 撞擊 所造成，傷口周圍脫肉青腫，而且由於那一下重擊，肋骨也斷了好幾根，胸口形成一片可怕的塌陷。而奇怪的是，在重擊傷口的附近，還有許多深而小的孔，分明是被 尖刺 所傷。

「你有什麼想法嗎？」康司問我。

我搖着頭，一臉惘然，「我完全想不明白，這到底是怎麼一回事。」

「那麼，你認為我們現在應該怎麼做，去替你洗脫嫌疑？」

我沉思了片刻，然後說：「我想查看有關大公古堡的**一切資料**，這種資料外界不多，我相信你有辦法安排。」

「沒問題，我恰好又是**文物保管會**的負責人，可以任你翻閱大公古堡的資料。」

「還有，請繼續搜尋仍然失蹤的王居風和高彩虹，盡一切可能找他們出來！」

「那當然。」康司考慮了一下，說：「這樣吧，我給你一個月時間，這是我權力的**極限**了。」

我明白他的意思，如果在一個月後，我仍然未能解開**謎團**，那麼我就要在證據確鑿的情形下，接受謀殺罪

的 **審判**。這一點我倒不在乎，心裏只擔心：如果王居風和彩虹一個月後仍未出現，那他們兩人也一定凶多吉少了！

第十五章

確信突破時間界限

我和白素通了一個電話,簡略地向她講述我目前的情況,她只聽到一半就說:「我立刻來!」

講完電話後,我跟隨康司前往他們的「國家歷史資料博物館」,那是一幢相當殘舊的建築物。它雖然舊,卻大得驚人,在 棕灰色 的牆內,每一個房間的面積至少在一百平方米以上,而我估計這樣的房間有超過三十間。

　　但整個博物館只有三名職員，其中一個帶我和康司到二樓，介紹道：「**保能大公** 是歷史上最傑出的人物之一，有關他和大公古堡的一切資料，我們也保存得最多，這裏第一號到第六號房間，全是相關資料！」

　　那職員推開了第一號房間的門，我望了一眼，不禁倒抽一口涼氣，也明白為什麼康司這樣 **慷慨**，給我一個月時間之多。

　　在約一百平方米的房間中，全是古老的木架和木櫃，塞滿了 **文件夾**。據職員説，存放相關資料的房間一共有六個之多，換句話説，我必須平均五天看完滿滿一房間的資料。

　　我對康司苦笑道：「這一個月，我必須日以繼夜工作，而我的妻子 **馬上就來**，可以替我們安排住所嗎？」

康司説：「我會馬上派人來，將一間雜物室清理一下，暫時只好委屈你們了！」

我聳聳肩，「無論如何，總比拘留所和監獄好！」

康司拍拍我的肩膀以示鼓勵，並保證一有彩虹和王居風的消息，就立即和我聯絡。

在接下來的一天，我幾乎沒有休息，一直在翻閱著文件，全是極瑣碎的記載，一點意思也沒有。

　　還好白素真的「**立刻來**」，第二天就到了。康司接她來見我，她撲過來與我相擁，然後問：「他們還沒有下落？」

　　白素所指的「他們」，自然是彩虹和王居風，我苦笑了一下，康司代為回答：「還沒有。不過我們會繼續搜索，你們也要努力。**加油！**」

　　康司不想耽誤我們的工作，稍作交代便離開了。

　　關上房門後，我和白素坐下來，我將事情的一切經過向她詳細說了一遍。她聽完忽然站起，來回踱着步，喃喃地說：「**王居風的話**也許是真的！」

　　「什麼？你也相信他曾到過『過去』，又回來了？」

　　白素一臉無可奈何，「只有這樣，才可以解釋種種**怪事**。你看，一些東西會無緣無故失蹤，它們到哪裏去了？而又有東西無緣無故出現，它們從哪裏來？彩虹的打

火機，在那房間裏脫手跌下時，由於某種不明因素，到了過去！」

我睜大了眼睛，白素所講的，是 時間 和 空間 的關係。舉例說，某個作家，在二十樓的寓所裏埋頭寫作，忽然之間，由於不可知的因素，時間 倒退 了一百年，在一百年前，這幢房子根本未建成，於是，這個作家就會從二十樓那麼高的地方跌下來！

白素繼續說：「打火機後來忽然又出現，而且顯然

在它失蹤的過程中，曾被人使用過，而那個人對打火機不熟悉，以致用完了火石，也無法補充。這還不明白？**打火機回到了過去**：一個並沒有打火機的年代！」

我吞了一口口水，白素愈說愈起勁：「彩虹摸到的**那隻手**，不是古昂的手，也不是有人躲在古堡中。」

「那麼是誰的手？」我問。

「你記得王居風說過麼？他本來躲在壁爐的灰槽中，但忽然之間又身在一株大樹上。這可以假定，在大公古堡未建造前，如今東翼所在的地方，有一株極高的**大樹**，高度至少和今天大公古堡的三樓相等。在這株大樹上，當時如果有某一個人，無意中伸了伸手，忽然突破了時間的界限，來到了若干年後，從大公古堡三樓一個房間的**壁爐**中伸了出來！」

我愣愣地望着白素，欣賞她豐富的 **想像力** 之餘，亦有疑問：「照你的説法，那個人 **伸了一下手**，手忽然突破了時間，那麼，在那一刹間，他還能看到自己的手嗎？而且，他的手忽然給人摸了一下，一定大吃一驚！」

「我也無法肯定，因為我未親身經歷過。但是——」白素笑道：「就算這個人吃驚了，也不是沒有回報的，他至少得到了在當時來説的一件 **寶物** ——彩虹的打火機！」

「等等，你真的認為打火機、人的手，甚至整個人，都可以 **突破時間的界限**？」

白素微微點着頭，「看來是這樣，古昂的小刀，以及其他管理員的一些東西，就是在這種情形下不見的。而一些不應該出現的東西，卻忽然出現，例如一盤舊繩子、一柄斧頭，而你自己也目睹過一塊大石**憑空出現**，砸中了車頂。」

「就當王居風真的突破了時間的界限，可是他回到過去時，並不是王居風，而是**另一個人**，一個普通的山中村民，名叫莫拉！」我仍然想不明白。

白素嘆了一口氣，「是的，當中還有許多我們不明白的地方，這正是我們現在要做的事：翻查大公古堡建造期間的資料，希望找到王居風曾經回到過去的證據！」

　　我們於是開始工作，從職員那裏取得一份簡單的分類

紀錄，得知 **大公古堡建築期間** 的文件，全放

在第四號房間之中。

　　我和白素在第四號房間裏埋頭翻閱文件，我看到關於

大公古堡建築材料的來源，所用的石料，全是從附近山崖

中採來的 **花崗石** 。當時的專家對這種石質研究得很

詳細，根據文字描述，我可以肯定，憑空落下，砸中了車頂的那塊石頭，就是記載中的那種！

我不禁苦笑起來，照白素所想像的，可能當時有一輛騾車運載石頭到工地來，其中一塊石頭忽然掉落，又打破了時間的界限，所以砸中了 **一千多年後** 的一輛車子上。

我想告訴白素這個發現，可是她這時比我更忙，一大疊文件到手，她只不過 **翻一翻** ，又立即放回原處，並且作了記號，表示已經翻閱過。看她的情形，像是有目標地尋找着什麼。

當天晚上，我們一起享用了康司派人送來的豐富晚餐後，又工作到了 **深夜** ，然後才到那間雜物室裏睡覺。白素睡前仍喃喃地説：「我一定可以找到的！」

我忍不住問：「你究竟想找什麼？」

　　「我在找大公古堡建築期間，因逃亡而被處死者的紀錄！」

　　我登時心中一動，「你希望找到**莫拉**的名字？」

第十六章

生命奧秘、
人生如夢

「就算在紀錄中找到莫拉這個人，也不能證明什麼。你別忘記，王居風是一個 **歷史學家**，他可能看過保能大公處死犯人的紀錄，而在腦中留下了印象。」我指出了白素那個做法的 **漏洞**。

白素卻堅持道：「我相信在紀錄上，這個莫拉一定有特別的記載。」

我們敵不過 **倦意** ，沒有再討論下去，就睡着了。

第二天，我們仍在第四號房間中翻閱資料。到了下午，白素突然叫了起來：「在這裏！快來看！」

我放下手上的文件，來到白素身邊，她指着手上的文件說：「看，莫拉！因 **逃亡** 而被處死刑，吊死在絞刑架上！」

我聳了聳肩，「我說過了，這不能證明什麼，王居風可能也看過。」

白素不作聲，繼續翻閱着，我已經轉過身去，但白素又叫了起來：「看！這個部分，官方標明 **不承認** 是正式紀錄，只不過因為當時有這樣的事發生，所以才記下來！」

「究竟是什麼？」我又回過頭來。

「**關於莫拉在絞刑架上消失的事！**」

　　我吃了一驚，連忙將白素手中的文件搶了過來，急不

及待地看着。

　　在發黃的羊皮紙上，的確這樣記載着：莫拉在行刑之

後，**屍體突然消失**，在場的人都看到了這一件

怪事，保能大公下令不准任何人談論這件事，但身為記錄

官，有責任將之記下，作非正式的紀錄。

我不由自主地吸了一口氣，「就算真的打破了時間界限，我們看到的也應該是**莫拉的屍體**，怎麼會變成王居風活着回來？」

白素搖頭道：「**時間和生命**究竟有什麼微妙的關係，還沒有人可以解釋清楚。生命和其他任何東西不同。一塊石頭，回到一千年前，或是來到一千年後，仍然是一塊石頭，打火機也是一樣。但生命卻不同，現在的**衛斯理和白素**，在一百年前是什麼？在一百年後又是誰？總不會仍然是衛斯理和白素。」

白素的這一番話，使我 **目瞪口呆** 了好一會。

「你現在連彩虹的話也相信了，這正是她所講的 『**前生**』。」我說。

「對，我認同她的想法。」

我皺着眉，與白素繼續翻閱資料，希望能找到更多的證據，果然給我們找到了，那是一則簡短的紀錄：「一個叫拉亞爾的木匠，在樹梢上躺着偷懶時，發誓說有一個 **看不見的人**，摸了他的手。拉亞爾在慌亂之中跌到地上，和他一起跌下來的，還有一件不知名的東西，這東西會發出火來。」

記述到這裏，旁邊畫了那「**不知名東西**」的簡單圖畫。

天啊！那是一個打火機，而且正是彩虹的那一個，上面有着「R・K」這兩個字母！

關於莫拉的事，王居風也許因為以前看過記載，所以能產生如此吻合的 **幻想**。可是彩虹這個打火機，我卻想不出任何解釋來。

那紀錄還記着：「這不知名的東西，獻給了保能大公，大公下令，任何人不准提起，身為記錄官，有責任記下，作 **非正式的紀錄**。」

我吞了一大口口水，指着那幅圖畫説：「這……是彩虹的打火機！」

白素吸了一口氣，「也就是我的假設！」

我們繼續翻閱一堆「不為官方承認」的「非正式紀錄」，全是在 **大公古堡建造期間** 所發生的一些怪事，當中有不少和我們所知道的怪事相類似，例如一些物件突然失蹤，一些東西忽然出現。當中還記載了兩名

軍官爭執的事，其中一人用 **鏈錘** 打中了對方的胸口，被打中的軍官在重傷倒地後，竟突然消失。

那種「鏈錘」，我知道是中古歐洲武士仕戰場上所用的武器，是一個相當大的鐵球，球上有着許多 **尖刺** ，用鐵鏈繫着，可以揮動殺人。

這時我不禁叫了一聲，白素連忙問：「你怎麼了？」

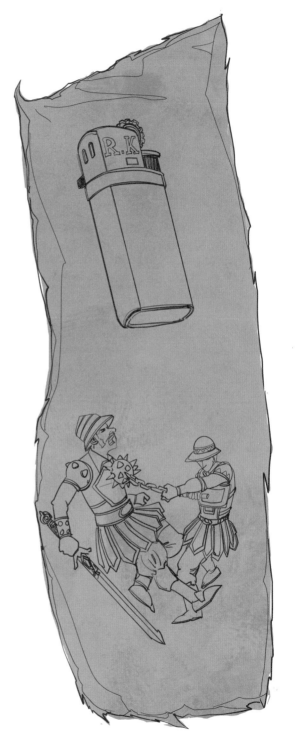

「那個被鏈錘所傷的軍官，就是古昂。他在受了重傷之後，又突破了 **時間** 的界限 ，回來了。」

「你終於相信這個假說了？」白素望着我。

我坦然地笑了笑，「信也沒有用，世界上沒有任何一個 **法庭** 會接受這種解釋。不過，我們也有得着，我們接觸到了一點點生命的奧妙。一個人在現階段的生命結束了，會在另一個時空，以另一個人的形態出現，繼續生活。就像莫拉上了絞刑架，結束了他那一階段的生命，卻開展了王居風在現階段的 **生命** 。莫拉的那一段生命，對王居風來說，就像一場夢。」

白素點着頭，分析道：「這樣看來，王居風再度在古堡 **失蹤** ，恐怕又到了自己不知哪一個階段的生命去，而這次彩虹也有同樣的遭遇。」

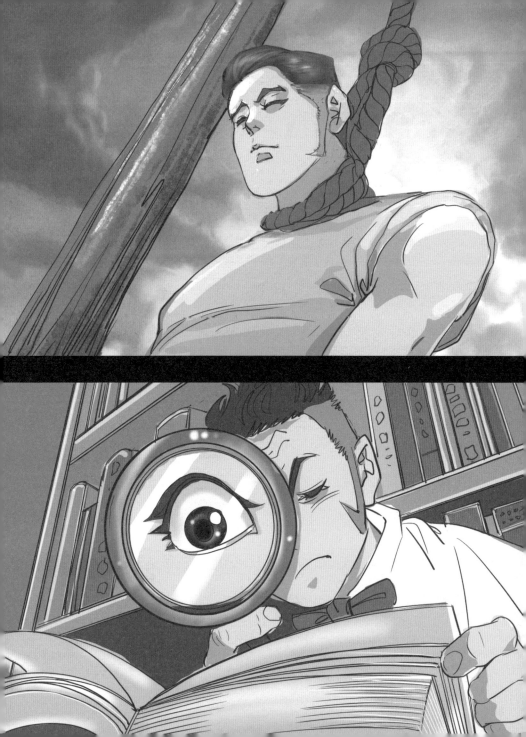

我不禁好奇，「彩虹另一階段的生命會是怎樣？」

白素吸了一口氣，「在**永恆∞的時間**裏，

每段生命都很短促，她可能有無數個階段的生命，誰曉得

她到了哪一個階段？」

當想通了王居風和彩虹只不過是去了**另一階段**

的生命裏，我們對他們的擔心減輕了不少。

「我們要將這些發現通知康司？」我問。

「我去**打電話**，順便叫職員早點送飯來，我餓了。」白素説着便走了出去。

面對眼前那一大堆的資料，我忙着把剛才有重要發現的部分抽出，卻沒想到白素那麼快就回來了。

看她推門進來的神態，就知道一定有什麼不尋常的事發生，我連忙問：「什麼事？」

「我打電話給康司，他的秘書説，他有**極重要**的事，到了一個山中的小村落去！」

第十七章

深入山村

據康司的秘書説，康司突然去那個小村落，事情與我

有關，可是秘書不肯透露詳情，也不告訴我們康司去了哪

個 **村落** 。

我在房間中團團亂

轉，思索着有什麼與我

相關的事，會在一個偏

僻的山村中發生？我不

禁 **老羞成怒** 地大

叫：「康司太豈有此理了！與我有關的事，怎麼不跟我説一聲，就 **不告而別** ？」

白素眨着眼，「其實，要知道他究竟到了什麼地方去，也不難。」

我呆了一呆，「你的意思是——」

白素壓低了聲音：「康司一定是接到了某種 **情報消息** ，才突然離開的。我不認為康司的辦公室會有太周密的保安，只要潛入他的辦公室，翻查秘書的紀錄……」

「這是非法的。」我説。

白素微笑道：「若能洗脱你的 **謀殺罪** ，偷看一下秘書的紀錄，算得上什麼？」

我們等到天黑，吃過了職員送來的 晚餐 ，
回到房間休息時，便開始行動。以我和白素的身手，要潛入
康司的辦公室，真是一件微不足道的小事，不值得記述。

我們在康司的辦公室搜尋線索，不到五分鐘，便查出
了秘書接聽電話的一個 紀錄：維亞爾山區中心，警
員亞里遜有一個報告，稱在他職權範圍內五個山村之一，

波爾山村中的一位少女費遜，曾遇到 **一男一女** 兩個中國人，向費遜交託了一件東西，並且要求費遜和一個叫衛斯理的中國人聯絡。

我和白素互望了一眼，齊聲叫了出來：「彩虹和王居風！」

在那個「**波爾山村**」出現的一男一女兩個中國人，很大可能是彩虹和王居風，但他們兩人為什麼不回來，偏要那個叫費遜的少女和我聯絡？而他們交給費遜的，又是什麼東西？

康司收到這樣的消息，自然立刻趕去那個叫波爾的小山村看看，先探 **虛實** 。

我和白素只商量了幾句，也有了決定：立即趕到那個山村去！

　　我們離開了康司的辦公室，在**街頭**找了一會，就找到了一輛性能很好的車子，半小時後，我們已經離開了首都，照着導航地圖，向那個小山村進發。

　　到了**天明時分**，我們在一條相當狹窄的山路盤旋而行。直到上午十時左右，我們來到了一個小村，但並

非波爾山村。據這裏的村民説，康司昨晚的確來過，在這裏過了一夜，才再上路；而從這裏前往波爾山村，至少要騎十二小時的**驢子**，因為那段路車子走不到。

我和白素只好向村民僱了驢子，騎驢上山。

中午時，我們休息了片刻，再繼續趕路。到了下午四時左右，我們已經看到，前面**迂迴**的山路上，有一個人騎着驢子，與我們相隔不過兩百米左右。那個人毫無疑問是康司，我大聲叫着：「康司，先別問我們為什麼會來，你在**原地別動**，等我們！」

康司果然下了驢子，我和白素催着驢子趕去，很快就來到了康司面前。只見康司極力抑制着**怒意**，質問：「衛斯理，你答應過我什麼？你應該留在我替你安排的地方！」

　　白素將事情完全攬到自己身上：「是我叫他來的，因為我知道表妹有了下落。康司先生，你收到那麼重要的消息，卻自己一個人前來，**實在十分自私！**」

　　康司睜大了眼，沒想到白素的銳利詞鋒，令事情反倒變成他的不是，他尷尬道：「我……因為事情還未十分明朗，所以自己先來查看，不想**耽擱**你們的調查工作。」

我連忙對他說：「我們的工作已經大有進展。我們在有關資料中，發現了許多線索，我甚至知道了古昂是死在什麼**兇器**之下！」

康司十分驚訝地望着我，白素看到氣氛已經緩和了許多，趁機道：「我們一面趕路，一面說！」

康司點了點頭，我們一起又騎上驢子，白素和我將在文件上發現的**線索**，一一告訴康司。

「這樣說來……人可以在時間之中自由來去，是真的了？」康司瞪大了眼睛。

白素說：「不單是人，物件也可以在未知因素下，**突破時間的界限**！」

康司不斷地眨着眼，身子在驢背上搖晃着，好像隨時會跌下來。我連忙提醒他：「騎穩一點，在這樣狹窄**陡峭**的山道上，要是跌了下去，可不是玩的！」

康司苦笑了一下，我又説：「我們只知道，在那個叫波爾的小山村中，發生了一件 怪事 ，我希望你能詳細告訴我們。」

康司望了我一眼，「是我秘書告訴你們的嗎？還是你們到過我的辦公室？」

我和白素 不約而同 地避開了他的目光，我知道康司這時的臉色一定很難看，直至聽到他嘆了一聲，知道他的氣下了，我們才敢回過頭來看他。

他説：「其實，我知道的也和你們差不多，不過，我曾和那個 老警員 通過一次電話。你知道，在這種小山村中，所謂警員，是兼職的，在那種地方，警員也根本沒有什麼事情可做。」

我點着頭，「我明白。」

康司繼續説：「那名老警員叫亞里遜，他是一個牧羊人。他在電話中告訴我，有 **兩個中國人** 👥，一男一女，我就猜想，會不會是你所講，在大公古堡失蹤的那兩個人。」

「恐怕是。」我説。

康司又繼續：「這兩個人突然出現，只有一個少女見過他們。那少女叫 **費遜**，據亞里遜説，費遜在事後顯得十分驚惶，因為那兩個人突然出現，又突然不見。如果不是這兩個人留下了一些東西，根本沒有人會相信費遜的話。」

我和白素互望了一眼，白素連忙問：「突然出現，**又突然不見** 是什麼意思？」

康司皺着眉，「我也不明白，我在電話中追問過亞里遜，可是他説得不清不楚，所以我非要問那個少女不可。」

　　我吸了一口氣，想到了一個可能，但沒有說出來。反正我們一定可以見到費遜，又何必太心急？

　　白素又問：「難道那個警員，沒提及那兩個人留下的是什麼東西？」

　　康司說：「有，據稱是一個相當精緻的木盒，那兩個中國人吩咐過費遜不可打開，直到交給你們為止，所以沒有人打開過，不知道內裏是什麼東西。」

第十八章

盒子中的東西

我們催着驢子，在山路上緩緩前進。

天色漸漸黑了下來，從 **地圖** 上來看，還有六小時的路程。我堅持連夜趕路，但白素和康司都反對，因為晚上在峻峭的山中趕路十分凶險。

我拗不過他們，只好趁天還未完全黑下來之前，在一個只有幾戶人家的小山村中 **留宿**。

第二天一早，我就跳了起來，用村中儲藏的山溪水淋着頭，之後便催着康司快點啟程。

山路愈來愈陡峭，可謂 **寸步難行**，我忍不住問：「怎麼會有人住在這種地方？」

康司説：「他們一直住在那裏。事實上，那個小山村如今也只剩下 **七戶人家**，而且全是婦孺和老人。」

我苦笑了一下，沒有再説什麼。等到中午時分，我們到了一座山頭上，向下看去，已經可以看到那個小山村。從山上 **俯瞰**，可以看到小山村本來大約有三十來戶人家，但如今只有七八間由石頭堆成的屋子還像樣，其餘的不是已經坍毀，就是爬滿山藤廢棄在那裏。

白素嘆了一聲：「到了！真不明白彩虹怎麼會來到這種地方！」

我們一起騎着驢子下去，到了山半路，就看見一個人趕着  一群羊 迎了上來，那是一個大約六十來歲，滿臉皺紋的老人，不過看起來身子還很健壯。他看到了我和白素，不禁愣了一愣，問：「將東西交給費遜的，就是你們？」

我搖頭道：「不是，你弄錯了。」

康司問那人：「你就是亞里遜？我是康司！」

那人忙道：「是的，我是亞里遜。康司先生，你們來了，真好。費遜自從遇到了那兩個中國人之後，一直**瘋瘋癲癲**！」

白素吃了一驚，「瘋瘋癲癲？什麼意思？」

亞里遜沒有立即回答白素的問題，只是發出了一下**口哨聲**，一頭高大的牧羊犬便竄了過來，亞里遜伸手拍着狗，「看着這些羊，我有事！」

那頭牧羊犬像是可以聽懂他的話一樣，**吠叫**了幾聲，然後亞里遜上了我們的一頭驢子，我們一起向前進發。

白素將問題又問了一遍，亞里遜才答道：「費遜説，那兩個中國人告訴她，只要她能和一個叫**衛斯理**的

中國人聯絡，將他們留下來的東西交給對方，費遜就可以得到一大筆 **酬勞**，足夠送她到巴黎去念書，從此脫離山村的生活。所以，她一天到晚 **抱住** 那個箱子，不許任何人碰到！」

一小時後，驢子進了山村，十幾個小孩擁了上來，幾個挽着拐杖的老婦人和老頭子也向我們走來，顯然費遜的 **奇遇** 已經轟動了整個山村。而一個大約五十出頭的婦人，急步奔過來，大聲叫道：「我只要費遜和以前一樣，什麼也不需要！」

她後面跟着一個十六七歲的少女，瘦而高，一雙大眼睛十分有神，嚷着：「不，我要到巴黎去！」

那中年婦人轉過頭去，對少女斥道：「你別再做夢了！」

那少女受了斥責，**一聲不出**，滿臉倔強的神

色。毫無疑問，她一定是費遜了，我留意到她手中抱着一件東西，用一塊破舊的 **花布** 包着。

　　我們一起下了驢子，我大聲説：「費遜小姐，我就是衛斯理。」

　　那少女一聽，驚喜莫名，不再理會那中年婦女，立即向我走了過來。

我說：「我是 衛斯理 ，你曾遇到過的那兩個中國人，我相信就是我要找的人。你放心，他們對你的承諾，絕對有效，你可以到巴黎念書，過你理想中的生活。」

費遜聽了我的話，激動得 眼泛淚光 ，圍在四周的村民發出了一陣驚嘆聲。那中年婦人排眾而前：「先生，你別騙她！」

我指着康司說：「這位康司先生，是你們國家的高級官員，他可以 保證 我不騙她。」

中年婦女向康司望去，康司點着頭：「請放心。」

中年婦女和費遜同時歡呼一聲，中年婦女馬上轉過身去，緊緊地抱住了費遜，又哭又笑，而費遜則不住地叫着：「媽！媽！」

等她們母女兩人的情緒稍為平復一些，我才問：「費遜小姐，你遇到那兩個人的經過——」

費遜緊張道：「請進屋子來，他們説，只有你一個人可以聽我的 叙述 ！」

我立即指了指白素，「這是我的妻子，你遇到的那位小姐，是她的表妹。而這位康司先生，他也必須和我們一起，了解事情經過！」

費遜想了一想，「好，那你們 三個人 ，可以一起聽我的經歷。」

我們進了費遜的屋子，屋中極其簡陋，不過卻異常乾淨。

我們在一張原木製成的長桌旁坐了下來，白素先開口：「小姐，我想先看看他們 留下 了什麼，你手中的盒子，就是他們給你的？」

費遜點着頭，鄭重其事，將手中捧着的盒子放在桌上，拉開了包在盒子外面的 花布 。

花布包着的 **木盒子** ，大約三十厘米寬、五十厘米長、十厘米高。

一看到這個木盒子，康司、白素和我三人都不由自主地發出驚嘆聲，因為那毫無疑問，是十六世紀時代，歐洲巧匠所製作的藝術精品！

盒子本身是用一種深紅色 **桃花心木** 所製成，旁

邊有小粒木塊拼出來的巧妙圖案，盒蓋則鑲了一塊橢圓形

的琺瑯，琺瑯上是一男一女的圖像，極其精緻美麗，那個

美女穿着當時宮廷的服飾，雍容華貴；男的氣宇軒昂，神

氣十足，一望而知不是普通人。

　　我和康司 互望了一眼，我立時挑戰地問

他：「猜猜他們是誰？」

康司吞了一口口水，雙眉一揚，「我想是英女王瑪麗一世和西班牙國王腓力二世初結婚時的 **畫像** 。」

白素同意：「一定是他們！」

我用眼神問准了費遜，便急不及待打開盒子，只見盒子中有一件東西，用紙包着，我取了出來，扯開外面的紙，一看到了紙中的東西，我不禁呆了一呆。

那竟然是一卷十吋半直徑的 **卡式錄音帶** ！這種錄音帶，一般的長度是六百多米，可以錄下超過四小時的聲音。

我和白素心中都在暗罵彩虹和王居風兩人究竟在鬧什麼鬼！現在誰還會用錄音機？更何況他們留下來的，是 **古董級** 的十吋半卡式錄音帶！

我們和康司三人互望着，只有苦笑，一時三刻要找錄音機播放這卷錄音帶，不是易事。白素於是問費遜：「你

遇到他們的情形，可以説一説嗎？」

　　「當然可以，那時我側躺在草地上，望着枯草上的

蒲公英，我正吹着氣，使蒲公英飛起來，忽然之間，看

到兩個人的腳突然出現。他們不是走過來的，而是……真

的 **突然出現**，我可以發誓！」

　　費遜唯恐我們不信，現出十分焦切的神情來，我説：

「我們相信，你只管説下去。」

費遜繼續敘述：「我抬起頭來一看，看到兩個東方人。那位女士十分美麗，她對我說：『你不必怕，我們不會害你，只會給你帶來幸運！』我當時呆了一呆，忍不住問：『你們是來自東方的 神仙 嗎？』」

她說到這裏，向我們不好意思地笑了一下，「我這樣問，是不是很 傻 ？然後那位女士握住了我的手，問了我一些問題，住在什麼地方、家中還有些什麼人、我希望得到些什麼等等，我都照實回答了她。我覺得她十分親切，可以和她講我 心中的話 。接着她就告訴我，只要我能夠照她的吩咐去做，我就可以得到我所希望的一切！」

她說到這裏，又向我望了一眼，我問：「於是，她就把這個盒子交託給你？」

「嗯！」費遜點着頭，「她叫我把盒子交給一個和他們一樣的中國人，名字叫 **衞斯理**。」

當費遜講到這裏的時候，康司插了一句：「這一男一女是什麼樣子的，你可否形容一下？」

費遜想了一想，形容了她遇到的那兩個中國人，我們聽了，更加 **毫無疑問** 地肯定那兩人是彩虹和王居風！

「然後呢？」白素問。

費遜說：「然後我就接過了盒子，發誓會替他們辦到。而他們也保證，可以達成我的 **願望**。接着他們吩咐我轉過身去，閉上眼睛，心中一直從一數到十。等我數到了十，再 **睜開眼** 👁👁，轉過身來時，那兩個

人已經不見了。如果不是我的手中還捧着那個盒子的話，我一定以為那是幻覺！」

我和白素互望了一眼，心中都有一種 **說不出來** 的感覺。彩虹和王居風突然出現，又突然消失，他們究竟掌握了一種什麼力量，才可以這樣子？

白素吸了一口氣，「我們不必在這裏 **空想**，這一大卷錄音帶，一定記錄了他們要對我們講的許多話，我們快回去吧！」

第十九章

兩個時光來去者的叙述

　　由於我們都急切想知道那卷錄音帶的內容，於是叫費遜盡快收拾一下行李，跟我們一起到首都去。

　　到了首都，我們進入康司的辦公室，康司在途中早已打電話吩咐職員，向當地的**國家廣播電台**，借來一座能播放十吋半卡式錄音帶的錄音機。

　　我有點手忙腳亂地裝上了錄音帶，按下了掣，錄音帶的轉盤開始轉動，不一會，就聽到了彩虹的聲音。

整卷錄音帶足足播放了四小時，全是彩虹和王居風兩人的講話。與整件事有關的，我一律轉述；無關緊要的，我則從略。以下就是 **錄音帶**  的大致內容：

錄音帶才一開始，就是彩虹的聲音，她在叫嚷：「表姐夫，我和王居風結婚了！」接着便是王居風的聲音：「是的，**我們結婚了**。」

　　我和白素不禁互望了一眼，他們兩人竟然結婚了！這完全是我們的 **意料之外**！

　　彩虹並不知道白素也來了，所以她只叫「表姐夫」，她在錄音帶裏説：「我們結婚之後，就立即開始蜜月旅行，可是，我們的蜜月旅行沒有 **目的地**，不僅由一個地方到另外一個地方，更是從這個時間，到另一個時間。你不明白也不要緊，我不會怪你，因為不是身歷其境，你就不會明白。**我們的旅行**，不知什麼時候能夠回來，甚至可能無法回來，所以我和居風要趁這個機會，將事情始末詳細告訴你。

　　「從你下了車，不願意和我們再去大公古堡説起。我和居風真的到了古堡，我對於他回到了『**過去**』，變成了一個叫莫拉的山村居民一事，深信不疑。我們都相信，在大公古堡內，有一種我們不了解的古怪因素，可以使人

突破時間的界限。而古堡中能夠突破時間界限的地方，很可能就在東翼三樓的房間，所以我們一重臨古堡，就逕自來到了那房間，實行我們的計劃。我對居風說：『好，我們開始捉迷藏，這次我去躲，你來找！』」

接着是王居風的聲音：「我問她：『你準備躲在什麼地方？』」

彩虹笑着道：「我當時說：『要是告訴了你，你還用找麼？快出去，我可能像你那樣，要躲到一千年前，等你找三天三夜也找不到！』說完我就將他推了出去。」

王居風又插嘴：「我被她推出去不久，仍在門外，就聽到了她的 **尖叫聲**！我立即轉過身來，開門一看，只見她的一條手臂，自牀底下伸了出來，拉住了牀單，扯得牀單向牀下 **滑去**。而她的尖叫聲，也在迅速遠去。我不知道自己何以動作那麼快，立時在地上一個打滾，滾進了牀底下。」

彩虹接着道：「是的，他來得夠快，不然，我們可能要分開，不能再在一起了。我本來想躲到牀底下，怎料一躲進去，身子就迅速往下沉，像是有一個 **裂縫**，

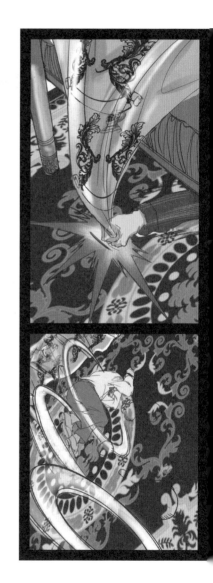

要將我整個  一樣。我一面盡量掙扎着,一面伸手出來,抓住了牀單,希望阻止自己下沉,同時也尖叫着。

「我才叫了一聲,便聽到居風也大叫,並滾進了牀底下來。我們兩人靠在一起,他顯然也在向下沉,我們彷彿在沉進一個泥沼之中。我盡一切力量 掙扎 着,他

也是,有一個極短的時間,我們好像 浮 了起來,居風甚至伸手抓住了一幅窗簾,可是下沉的力量太大,我們還是沉了下去。」

王居風又插口道:「聽彩虹説來,過程彷彿很久,但實際上非常短促,不到幾秒!」

對於王居風所講的這一點,我倒有經驗,因為當日古

昂在房間裏發出叫聲，我 **疾衝** 進去，也不過是幾秒鐘的時間，古昂就已經不見了，我沒看到古昂「消失」的過程。

彩虹仍繼續説着：「轉眼之間，我們到了一個極其微妙的境界，那種感覺很難形容，像一個人將睡未睡，快要進入 **夢境** 那樣，一切全是迷迷糊糊。然後忽然之間，我真的進入了『夢境』，到了另一個地方，變成了另一個人。情形有點像『轉世』、『投胎』，生命在不同的時間裏，以不同的形式出現。換句話説，我在不同的時間階段，**是不同的人**。」

我和白素互望了一眼，彩虹所講的，正是我和白素討論過，而白素所持的看法！

彩虹在繼續説：「我忽然變成了那個人，叫娜亞文，是 **大公古堡** 中的一名女侍，當我突然變

成了娜亞文的時候，我正好在大公古堡的書房中，捧着 **晚餐** 進去，給在看書的保能大公。」

當我們三人聽到這裏的時候，不禁各自吸了一口氣。

錄音機仍在播放彩虹的聲音：「或許你會覺得奇怪，怎麼我和居風都是安道爾人。我也不大確切明白，不過我可以肯定一點，就是人與人之間，有一定的『**緣分**』存在。也就是説，在若干年前曾有過關係的人，在若干年後，儘管他們已經成了完全不同的另外兩個人，可是他們始終會相識、見面，產生種種的**關係**。

「就像我和居風，在前前後後許多經歷中，我們始終在一起，而到了**今生今世**，我們本來完全不可能認識，卻又因為這次事件，將我們拉在一起！」

聽到這裏，我和白素互望了一眼，心中都在想：若干年前，我們不知有什麼關係，以致今世可以走在一起？

彩虹在説：「當我走進書房的時候，我看到保能大公正在 **把玩着** 一件東西，他不斷轉着那東西上的一個小輪子，發出一些聲響來。當他看到我的時候，他向我説：『你看這是什麼東西，娜亞文？』我想表姐夫你一定已經知道了，那是我的打火機！

「當時我 **不敢** 告訴他，那是我的打火機。保能大公接着説：『這東西到我手，已經足足四年了。在這四年之中，我問過了我所能問的人，其中有不少 **智者**，我問他們這究竟是什麼東西，但沒有一個人能回答出來。這東西初到我手的時候，娜亞文你信不信——只要轉動這個小輪，火就會發出來！你説，這會不會是 **火神** 普羅米修斯的東西？可是不久之後，它就沒有再發出火來了。你説，這究竟是什麼？』

「我猶豫着要不要告訴他，但保能大公已忽然發起怒

來，**大罵一聲**：『不論這是什麼東西，見鬼去吧！』

他一怒之下，揮手將那東西向壁爐扔去，我看着那打火機掉

進壁爐之中，那時壁爐並沒有火，打火機一跌進去，竟然沒

有發出聲音，就不見了！當時我和大公兩人都驚呆得說不

出話來。**我的打火機**，又突破了時間的界限，不

知到什麼時間去了！」

　　彩虹不知道她的打火機又到了什麼時間去，但是我知

道，**打火機又回來了**　，到了我的手中，保能大

公隨手一扔，又將它扔回來了！

第二十章

時光旅行

　　錄音機繼續播放着彩虹的聲音：「人公當時忽然發起怒來，又摔了桌上的幾樣東西，但是那些東西跌在地上就碎了，並沒有不見。接着，他用十分兇狠的神情望着我，厲聲道：『你全看見了，是不是？你全看見了！你看到無所不能的 保能大公，也有不明白的東西！』我十分害怕，不住後退，大公則對着我獰笑。」

　　白素喃喃道：「娜亞文生命有危險了，凡是自以為無所不能的暴君，都絕不容許 任何人 知道他們有弄不懂的事情。」

　　彩虹的聲音仍在播放：「我當時強烈感到自己有危險，我想逃走，可是沒有機會。過了兩天，大公突然又把我叫到書房去，當時書桌上放着一塊 **銅牌** ，大公的神情十分頹喪，竟將我當作知己，向我訴説：『娜亞文，你見過一件東西忽然不見，那麼你可知道奇勒儲君去了哪裏？』」

　　「**奇勒儲君** 是保能大公的一個姪子，保能大公並

沒有娶妻，他立他的姪子為儲君，那時奇勒儲君十一歲，由兩個保母、三個家庭教師負責教養，而奇勒儲君在前天突然 **失蹤**，堡壘中人人都知道，儲君是在和兩個保母捉迷藏時失蹤的。

「當時大公這樣問我，我不敢亂答，只是搖頭。大公用力拍着桌子：『**這裏有我不明白的事！**』自從這座堡壘開始建築起，就不斷有我不明白的事情發生，

我絕不相信這是上帝的旨意,我要證明,我的力量比一切力量大!你看到了沒有,我已經下令,任何人不准在堡中 **捉迷藏** !』

「他指着那塊銅牌,我看到了上面刻着的字,和大公的簽名,我認得這塊銅牌!『是不是覺得我這樣寫很滑稽?』大公怒喝一聲,終於把心中的怒火發泄在我身上,他拿起那塊銅牌,向我擲來,我立時後退,那塊銅牌就在我眼前,快要 **落地** 之際,突然不見了!

「表姐夫,那塊銅牌在鑄成之後,從來也沒有機會在古堡中展示過。當保能大公在 **盛怒** 之下,將它擲向一名女侍之際,銅牌突破了時間的界限,到了我在三樓東翼的那一夜,跌在地上,被我拾了起來!

「當時保能大公瞪大了眼,像瘋子一樣叫着,更拔了一把 **劍** ,憤怒地刺進了我——也就是娜亞文的心口!」

　　聽到這裏,白素喉間發出了一下聲響,我的手心也冒着汗。

　　彩虹的聲音仍在繼續:「中了一劍之後,我那種向下沉的感覺又來了,突然聽到一陣**馬蹄聲**和車輪聲,我在一條街道上,變成街頭流浪者,和我在一起的,是另一個流浪者——後來我知道那就是王居風的前生之一。我們兩人瑟縮於街頭,一個穿着大禮服的**紳士**急急忙忙,

滿頭大汗 地向我們奔來，竟蹲在我們的身邊，失魂落魄地說：『他們不喜歡，他們一點也不喜歡！』

「表姐夫，你再也想不到我遇到的是什麼人，給你猜一萬次，十萬次，你也猜不出！當時我和另一個流浪者，一起向那位紳士望去，他仍然喃喃地重複着那兩句話。

「後來，我實在忍不住了，我問：『先生，他們不喜歡你的什麼？』那紳士的神情極其沮喪，說：『他們不滿意我的作品，甚至拆下了椅子，**拋** ➡️ 向台上！』

「表姐夫，你猜到嗎？他是史塔溫斯基，我們在巴黎，時間是一九一三年，又忽然越過了一千多年，那是五月的一個夜晚，是史塔溫斯基的作品《春之祭》在巴黎首演，聽眾不但 **大喝倒采** 👎，而且將一切可以拋擲的東西，全拋上台去，甚至拆下了椅子。可憐的史塔溫斯基，嚇得由 **窗口** 🪟 逃出來，和我們躲在一起！」

　　王居風在這裏又加插一段話：「我的情形和彩虹有點不同，她一下子回到了保能大公時代，而我，當她在大公堡壘中當女侍之際，我卻在一九一八年**第一次世界大戰**的奧地利戰場上陣亡了，之後又到了一九一三年的巴黎街頭，變成一個**流浪漢** 。所以，我知道《春之祭》是極成功的作品，除了首演失敗之外，以後每一次演奏，都獲得熱烈的歡迎和極度的成功。當時我把此事告訴史塔溫斯基，他自然不相信。」

彩虹神氣地説：「表姐夫你可以查一查 **音樂史**，一個首次演出失敗的作品，本來絕無機會再演出。可是《春之祭》卻不同，一年之後，就由原來的指揮蒙都再次登台 **指揮**，立時大獲好評。指揮和作曲家，有勇氣再演出，就是受了我們鼓勵的結果。

「在巴黎的流浪之後，我和王居風幾乎全在一起，我們有過許多段經歷，在上下一千餘年的時間中，經歷了將近 **十生**。」

他們相當詳細地講述這「十生」中的經歷，但大多是他們兩人之間自我陶醉的 **羅曼史**，我就不一一詳述了。

彩虹説：「表姐夫，我們已經洞察清楚了，人的生命有許多階段，並不是走完一個階段就結束。一般人的情況是一個階段完了，便來到下一個階段，記憶會清空，重新

開始，不會殘留其他階段的 **記憶**。而我和居風則略有不同，我們觸發了一種情況，使我們可以在自己生命的各階段之間 **遊走**，而且記憶能一直積累下去，跳過了清空的程序。

「在多次時間的來去之中，我們甚至找到了在時間中來往的訣竅，可以憑自己的意志來往了。不過還未十分熟練，時有意外。」

王居風插嘴道：「譬如，我們是準備回來，打算見到你之後，當面向你講明白的，卻因為出了一點意外，我們來到了 **一九五八年**，找到一座錄音機，對着錄音機，説了這許多話。」

彩虹搶回來説：「表姐夫，我們有必要將事情的一切經過，向你説清楚，以解開你心中的 **謎團**，也請你替我向表姐和家人交代一聲。我找到了一個相當精美

和名貴的盒子，存放這卷錄音帶，作為 **禮物** 送給你，我們一定會想辦法，將盒子送到你手上的。不過，我們實在有太多『時間』想去了，請原諒我們未必能當面交給你們，向你們說清楚。

「當你聽到我們這聲音的時候，我們不知道正在什麼『**時間**』旅遊，請留意，我說的是『時間』，不是說『地方』，因為我們是在時光中旅遊。」

王居風搶着道：「我和彩虹有了第一次的意見分歧，下一站我想到『**過去**』，她卻要去『**未來**』！」

彩虹「哼」的一聲說：「當然是未來好，過去的事，我們在歷史上已經知道了！」

王居風反駁道：「你不是歷史學家，不知道歷史有多麼 **迷人** ！」

　　「那麼，你應該娶歷史做妻子，不應該向我求婚！」

　　兩人 **打情罵俏** 起來，而錄音亦在他們歡樂的笑聲中結束了。

　　我、白素和康司三人，誰也沒有伸手去關掉 **錄音機**，就讓錄音帶轉到盡頭完結為止。

　　然後，白素最先開口：「康司先生，這對於我丈夫的處境，可有幫助？」

康司苦笑了一下，只是説着：「如果大公古堡是**地球**  上一處可以突破時間界限的地方，那麼，以後是不是還會有這樣的事發生？」

我説：「當然可能，從保能大公的儲君消失開始，一直到古昂，**都在發生**。」

「那麼，如果我——」

白素不等他説完，忙道：「我勸你不要亂試，我並不覺得王居風和彩虹他們如今的處境很**有趣**，自己的階段還未活到圓滿，何必到處去擾亂其他的階段呢？」

我附和白素：「況且，不是人人都可以在時間中**自由來去**，古昂坐在那張椅子上，突破了時間的界限，但我也坐過，卻什麼事也沒有發生。」

白素又問康司：「你還沒有回答我剛才的問題。」

康司吸了一口氣，「你們從資料室逃出來，就一直逃走吧，別再出現了。當然，以後你們不能再到安道爾來，你們會受我國的法律通緝，通緝的有效期是四十年。」

第二天，我們就在康司的安排下，離開了安道爾。

我們和費遜到了巴黎，白素留下一筆錢給費遜，又找了一個父執輩作費遜的監護人，讓費遜開展她的新生活。

整件事可算結束了，我和白素回家後，曾期望過王居風和彩虹在他們的時間旅程中，會順道來見我們一面。可是到現在為止，他們顯然還沒有回來的意思。

　　每次提到旅行，我和白素都會不期然想起彩虹和王居風，很好奇他們兩人 此刻 正在什麼地方？不，應該說，他們正在什麼「時間」呢？（完）

半推半就

我鬆開了手,但催促道:「人命攸關,請你快上我的車!」古昂**半推半就**地被我拉了出去,上了彩虹的車。

意思:一邊推辭,一邊順從。形容表面上不答應,內心卻是同意的樣子。

習以為常

「其實也沒有什麼特別,等我在一分鐘之後,再想用那柄小刀時,小刀不見了,找來找去都找不到。由於這種情形已不是第一次發生,我們都**習以為常**,漸漸不當作一回事。不過,反過來就有點駭人了。」

意思:因為經常接觸,養成習慣後,便視為平常。

一走了之

不立刻逃離古堡的話,我可能就跑不掉了。可是,就算逃脫了又怎麼樣?王居風和彩虹還是不知在哪裏,如今又加上一個古昂,我實在不能**一走了之**。

意思:不負責任地離開。

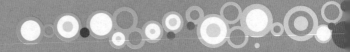

有增無減

這時，街上的呼叫聲、嘈雜聲**有增無減**，胖警長冷笑了一下，「轉過身去！面向牆，將雙手放在身後！」

意思：不斷增加而沒有減少。

大惑不解

我更是**大惑不解**，既然找到了古昂，理應能證明我是清白，我連忙說：「那很好，你們問清楚他了嗎？」

意思：感到非常糊塗，不能理解。

盤踞

這時我想起了王居風和彩虹，連忙追問：「還有兩個人！他們可能遭到同樣的命運！那房間一定有暗道，而且被殘暴的兇徒**盤踞**着，你們一定要作徹底搜查！」

意思：指霸佔，佔據。

不由自主

我**不由自主**地吸了一口氣，「就算真的打破了時間界限，我們看到的也應該是莫拉的屍體，怎麼會變成王居風活着回來？」

意思：由不得自己作主，形容無法控制自己。

不約而同

我和白素**不約而同**地避開了他的目光，我知道康司這時的臉色一定很難看，直至聽到他嘆了一聲，知道他的氣下了，我們才敢回過頭來看他。

意思：指沒有事先商量就一起行動。

留宿

我拗不過他們，只好趁天還未完全黑下來之前，在一個只有幾戶人家的小山村中**留宿**。

意思：留下來住宿。

寸步難行

山路愈來愈陡峭，可謂**寸步難行**，我忍不住問：「怎麼會有人住在這種地方？」

意思：連一小步也走不了。形容走路困難，或比喻處境艱難。

坍毀

從山上俯瞰，可以看到小山村本來大約有三十來戶人家，但如今只有七八間由石頭堆成的屋子還像樣，其餘的不是已經**坍毀**，就是爬滿山藤廢棄在那裏。

意思：倒塌後毀壞的樣子。

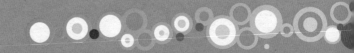

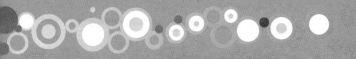

排眾而前

費遜聽了我的話，激動得眼泛淚光，圍在四周的村民發出了一陣驚嘆聲。那中年婦人**排眾而前**：「先生，你別騙她！」

意思：堅持和突顯自己的主張，排斥眾人的議論。

無所不能

白素喃喃道：「娜亞文生命有危險了，凡是自以為**無所不能**的暴君，都絕不容許任何人知道他們有弄不懂的事情。」

意思：樣樣都會，凡事都能辦到。

大喝倒采

「表姐夫，你猜到嗎？他是史塔溫斯基，我們在巴黎，時間是一九一三年，又忽然越過了一千多年，那是五月的一個夜晚，是史塔溫斯基的作品《春之祭》在巴黎首演，聽眾不但**大喝倒采**，而且將一切可以拋擲的東西，全拋上台去，甚至拆下了椅子。可憐的史塔溫斯基，嚇得由窗口逃出來，和我們躲在一起！」

意思：以噓聲表達對不滿或不支持。

迷人

王居風反駁道：「你不是歷史學家，不知道歷史有多麼**迷人**！」

意思：使人迷戀，使人陶醉。

衛斯理系列 少年版 34

迷藏 下

作　　　者：衛斯理（倪匡）

文 字 整 理：耿啟文

繪　　　畫：鄺志德

助理出版經理：林沛暘

責 任 編 輯：梁韻廷

封面及美術設計：黃信宇

出　　　版：明窗出版社

發　　　行：明報出版社有限公司

　　　　　　香港柴灣嘉業街 18 號

　　　　　　明報工業中心 A 座 15 樓

電　　　話：2595 3215

傳　　　真：2898 2646

網　　　址：http://books.mingpao.com/

電 子 郵 箱：mpp@mingpao.com

版　　　次：二〇二四年三月初版

I S B N：978-988-8829-18-7

承　　　印：美雅印刷製本有限公司